LE
LION AMOUREUX

BALLET EN UN ACTE

Avec Chœurs « *ad libitum* » d'après **LAFONTAINE**

REPRÉSENTÉ A L'OPÉRA DE BRUXELLES
Direction : DUPONT-LAPISSIDA

Livret de MM. Paul COSSERET *et* AGOUST
Musique de M. Félix PARDON

PRIX : UN FRANC

PARIS
L. FRINZINE, ÉDITEUR
112, Boulevard Saint-Germain, 112
1887

LE LION AMOUREUX

LE
LION AMOUREUX

Ballet en un Acte

Avec Chœurs « *ad libitum* » d'après **LAFONTAINE**

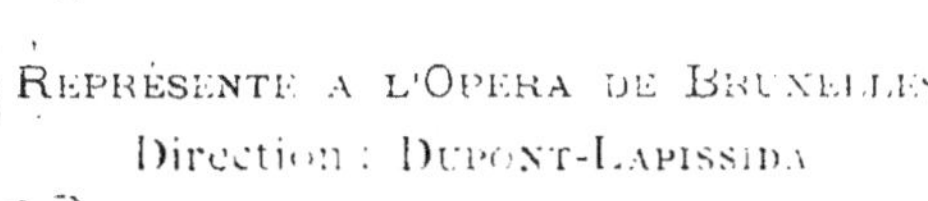

Représenté a l'Opéra de Bruxelles
Direction : Dupont-Lapissida

Livret de MM. Paul COSSERET *et* AGOUST
Musique de M. Félix PARDON

PARIS
L. FRINZINE, ÉDITEUR
112, Boulevard Saint-Germain, 112

1887

A

Monsieur GEVAERT

DIRECTEUR

Du Conservatoire Royal de Musique

de

BRUXELLES

PERSONNAGES

Le Lion, mime de caractère............ MM. Georges Saracco
Alain, fiancé d'Arlette................... Félix Duchamps
Le Fermier............................. Deridder
Arlette, fille du Fermier, prem. danseuse Mmes Scorlino
La Cigale, seconde danseuse....... .... Lavezzari
La Fourmi.   id.   .... Emilia Righettini
Odette, amie d'Arlette................ Henriette Righettini
Le Renard, seconde danseuse........ .... Magliani
Le Corbeau, troisième danseuse......... Zuccoli
Le Loup,   id.   .... Van Lancker
L'Agneau, une petite fille .... La petite Bertry
Coco-Triboulet, jeune garçon .... Le jeune Salez

Villageois, Villageoises, Servantes et Valets de la ferme. Ménétriers
et Joueurs de musette et de cornemuse. — Les Coqs hérauts
d'armes du Lion). Les Renards, (ses diplomates). Les Loups (ses
gardes du corps). Un troupeau d'Agneaux (petites filles et
petits garçons) etc.. etc.

Mise en scène et dessins des costumes par M. GEORGES SARACCO
Costumes exécutés par MM. FEIGNAERT frères

EN FRANCE AU XVIIe SIÈCLE

LE
LION AMOUREUX

Le rideau se lève sur une campagne verdoyante et pittoresque. A droite, domaine et maison *praticable* d'un riche fermier. — A gauche, premier plan, une source jaillissante. — A gauche, deuxième plan, arbre séculaire dont les rameaux couvrent la scène. Au fond, horizon de collines *praticable*.

SCÈNE I

(Au lever du rideau, villageois, villageoises, servantes et valets, sont en habits de fête et dansent au son des musettes.)

Villageois. Villageoises. Valets et Servantes de la Ferme — puis le Fermier et Arlette, ensuite Alain et quelques jeunes paysans.

C'est réjouissance au village pour le jour des feux de la Saint-Jean.

A — On se promène, on flâne.

B — Les villageois et les villageoises apportent les fagots ; en cadence, les villageois les déchargent et les arrangent sur le sol, tandis que les villageoises, de temps en temps, rafraîchissent les travailleurs.

c — Le bûcher de Saint-Jean est dressé, et tout autour on danse une ronde générale.

d — A droite, au seuil de leur maison, paraissent le fermier et sa fille ; les paysans leur font fête.

Arlette témoigne son désappointement de ne pas voir parmi les villageois son fiancé Alain. Quelques paysans se retournent, et, apercevant le berger, rassurent la jeune fille.

De gauche vient Alain, suivi de ses amis.

Les deux amoureux se souhaitent la bienvenue. Alain excuse son retard en montrant le bouquet de fleurs des champs qu'il a cueilli pour Arlette. Il le donne à la jeune fille, qui lui offre en échange le nœud de rubans de son corsage. Le Fermier approuve comiquement ce petit jeu d'amour.

e — Arlette et Alain rouvrent le bal. — Les violes et les cornemuses font rage. La ronde reprend autour du bûcher de Saint-Jean.

SCÈNE II

Le Fermier, le Lion

Depuis quelques instants un Lion a paru au haut de la colline du fond : il a contemplé les jeux des paysans et s'est enflammé à la beauté d'Arlette.

Tout-à-coup on l'aperçoit. Effroi général. On se
sauve de toutes parts en courant. Arlette rentre à la
ferme ; les valets et les servantes font de même ;
Alain, les villageois et les villageoises sortent par les
issues de gauche.

Seul, le Fermier, incapable de fuir, est tombé à
genoux, la face contre terre. Le Lion descend lente-
ment du praticable, s'amusant de la peur qu'il cause,
vient se placer derrière le Fermier. Celui-ci n'enten-
dant plus rien se relève, regarde de droite, de gauche
et, voulant rentrer chez lui se retourne... et se
trouve face à face avec le Lion ! — Nouvelle frayeur
grotesque du Fermier.

Le Lion témoigne pourtant qu'il n'a pas d'in-
tentions hostiles.

— Dieu soit loué ! dit le paysan.

L'étrange visiteur le flatte, lui fait mille compli-
ments et témoigne qu'il ne désire rien tant que lui
plaire.

— Ah ! dit le vieux Fermier, s'il en est ainsi,
monseigneur, rien ne me sera plus doux que votre
départ !

Mais le Lion ne s'en ira pas. Il ne le fera que quand
il aura obtenu la main de la gracieuse Arlette.

Le Fermier croit avoir mal compris.

Mais point ! Le Lion prend devant lui des poses cérémonieuses. C'est bien une demande en mariage.

D'ailleurs le Lion devient plus pressant : il avait prié, il ordonne.

Dans son effroi, le Fermier promet tout ce que veut le terrible seigneur ; et celui-ci se retire en faisant comprendre qu'il reviendra avec sa cour pour donner à l'accordée l'anneau des fiançailles.

SCÈNE III

Le Fermier, puis Alain et Arlette.

Le Fermier reste seul, anéanti, ses jambes se dérobent.

A ce moment paraissent simultanément, mais aux côtés opposés les têtes d'Arlette et d'Alain ; ils se montrent que le Lion est parti, et qu'ils peuvent se risquer : ils descendent en scène à petits pas, en regardant de tous côtés. Pour tirer le Fermier de sa rêverie, ils lui frappent ensemble un coup léger sur l'épaule.

La frayeur du vieillard (qui se croit de nouveau en présence du Lion) est si grande qu'il la communique à Alain et à Arlette : ils se trouvent tous trois dos à dos.

Enfin, peu à peu, ils se remettent, et le Fermier

dévoile aux jeunes gens les projets du Lion. Désespoir des amoureux. Mais le père n'y peut rien ! Il a trop peur. Il tiendra la promesse qu'il a faite.

Entouré, supplié, il ne veut rien entendre et rentre dans sa ferme.

SCÈNE IV

(Scène dansée)

Arlette, Alain

Restés seuls Alain et Arlette témoignent leur affliction... mais bah ! Peut-on désespérer de tout quand on s'aime !

Les voilà ensemble ils oublient tout, pour ne songer qu'à se lier par de mutuels serments.

Ils restent dans les bras l'un de l'autre, extasiés.

SCÈNE V

Les mêmes, le Fermier

Mais le Fermier vient les séparer ; le Lion ne peut tarder à revenir : Il faut qu'Alain parte. Ce dernier supplie encore.

— Non ! dit le Fermier, c'est inutile, vous aurez beau faire, le Lion exige, et j'ai promis.

— Hélas, dit Alain, je n'ai donc plus qu'à me jeter à l'eau !

— Non, dit Arlette, l'amour m'inspire une idée qui nous sauvera tous. Ne crains rien, Alain, je serai ta femme, voici comment...

La confidence d'Arlette est interrompue.

On entend résonner au lointain la fanfare triomphale du Lion.

Des paysans viennent en courant, très effrayés.

Arlette les rassure et les prie, loin de trembler ainsi, de faire bon accueil au royal visiteur. Qu'il ne se doute pas du sentiment qu'il inspire.

Puis Alain et Arlette rentrent à la maison, suivis du fermier.

SCÈNE VI

Le Chœur des Villageois et Villageoises. — Le Lion, son cortége, son Fou. — La Cigale et la Fourmi, le Renard et le Corbeau, le Loup et l'Agneau, puis Arlette.

Les paysans suivent les recommandations d'Arlette.

Le Cortége descend, en serpentant, de la colline et défile en scène dans l'ordre suivant :

A — Les Coqs, qui à cause de leur voix sonore sont les hérauts du roi des animaux.

B — Les Renards, qui constituent le corps diplomatique de Sa Majesté Léonine.

C — La Cigale et la Fourmi
D — Le Loup et l'Agneau
E — Le Renard et le Corbeau
} comédiens de sa Cour.

F — Le Fou du Lion.

G — Enfin le Lion porté sur une civière couverte de peaux de tigres, par les Loups qui forment son escorte.

Pendant la marche triomphale, le chœur des paysans a célébré le Lion et, suivant ce qu'a recommandé Arlette, l'a salué en monarque.

CHŒUR.

Salut, ô Roi, reçois l'hommage
De tous les fils de ce village.
Sonnez, pour fêter ce beau jour
Rebecs et violes d'amour !

Le Lion enfin descend de sa civière, il charge ses diplomates (les Renards) et son Triboulet (le Singe) d'aller chercher sa belle fiancée. Le singe, avec des poses grotesques, nargue son puissant maître qui s'est amouraché comme un simple vilain. Il veut lui faire de la morale, mais le Lion y coupe court et lui enjoint d'obéir.

Triboulet se résigne ; et, suivi des renards, il amène Arlette, à laquelle Messire Lion, après bien des salutations amoureuses, passe, devant toute la Cour, l'anneau des fiançailles.

Ensuite il témoigne que, pour célébrer un aussi heureux jour, il veut offrir à Arlette un divertissement magnifique.

GRAND BALLET

Sur un signe de lui, tandis que le chœur des Villageois et Villageoises excite tout le monde à la danse et au plaisir,

CHŒUR

A la danse
Amis, livrons-nous !
Joie et chance
Aux jeunes époux !
Ohé !
Dansons !
Ohé !
Chantons !

Le divertissement commence, et l'on voit des fables de Lafontaine en action.

1. *La Cigale et la Fourmi*

La *Cigale* arrive jouant de la guitare.

Elle mime une chanson d'amour.

Puis fait, avec une sebille, le tour de l'assistance.

On ne lui donne rien et elle se morfond.

Arrive la *Fourmi* portant un sac de grains.

La Cigale la circonvient et lui demande la moitié de son blé. Mais la Fourmi refuse et, montrant la guitare, dit à la Cigale que puisqu'elle a si bien chanté, il ne lui reste plus qu'à danser.

Elle sort, poursuivie de la Cigale.

2. *Le Loup et l'Agneau*

Survient un petit agneau. Il va boire à la source qui jaillit du côté gauche.

Soudain arrive le Loup.

L'Agneau veut fuir, le Loup le poursuit.

Il mime la colère, l'Agneau la timidité et l'innocence.

Après un chassé croisé animé, le Loup emporte l'Agneau.

3. *Le Renard et le Corbeau*

Un Corbeau, tenant dans son bec un fromage.

vient se percher dans le tilleul séculaire qui ombrage la scène.

Le Renard le suit, et se met à le flatter, à le féliciter de son joli plumage.

Le Corbeau, sur sa branche, témoigne son contentement, bat des ailes, tourne la tête.

Le Renard lui demande de chanter, le Corbeau ouvre le bec... le fromage tombe et est emporté par le Renard qui s'enfuit tout joyeux.

Le Corbeau bat des ailes et s'envole.

4. *Finale*

C'est ensuite une recrudescence de joie que les paysans approuvent et stimulent, en glorifiant le Lion et sa conquête.

Chœur

Jour d'ivresse !
De liesse !
D'allégresse !
De bonheur !
Que l'on fête
La conquête
Si parfaite
Du seigneur !
Que la belle
Peu cruelle
Soit fidèle

En retour !
On lui donne
La couronne
Qu'elle donne son amour.

*
* *

Que sa grâce est exquise !
Non, duchesse ou marquise
N'a de pareils attraits.
Et, par les yeux d'Arlette
Oui, l'Amour sur nous jette
Ses flèches et ses traits.

*
* *

Jour d'ivresse !
De liesse !
D'allégresse'
De bonheur !
Que l'on fête
La conquête
Si parfaite
Du seigneur !
Que la belle
Peu cruelle
Soit fidèle
En retour'
On lui donne
La couronne
Qu'elle donne son amour

Dans ses yeux
Si langoureux
Quels désirs voluptueux !
Du bonheur de son époux
Chacun de nous est jaloux.

(Reprise de « Jour d'ivresse, etc...)

D'un sourire elle enivre
D'un regard, plus encor ;
L'heureux époux va vivre
Des jours de soie et d'or !

A la reprise)

Pendant ce temps les coqs font entendre leurs plus joyeuses fanfares.

Les Renards et les Loups dansent en signe d'allégresse.

Les premiers sujets du divertissement reparaissent et celui-ci se termine par un « ballabile » général des plus animés.

Le divertissement fini, le Lion déclare qu'il veut maintenant rester seul avec sa fiancée.

Le Singe ose, par sa mimique grotesque, vouloir contrarier les désirs de son maître ; mais le Lion rit de ses lazzis, dédaigne ses avertissements, et sur un geste souverain de lui, on se retire. Le Singe parait désolé.

SCÈNE VII.

Scène de séduction.

Le Lion, Arlette.

Seul enfin avec Arlette, le Lion lui dépeint l'amour qui le consume.

La jeune fille feint de le partager : quel plaisir pour elle d'aller vivre dans la montagne !

Elle détaille, avec la grâce primesautière de la jeune fille, les paisibles félicités agrestes.

Enthousiasmé, le Lion se montre dans toute sa puissance, dans sa grandeur, dans son héroïsme.

Arlette feint d'être subjuguée et prend plaisir à attiser la passion du Lion qui bientôt est à son paroxysme.

L'amour éclate alors, énergique, brutal. L'amant veut mettre au front de la vierge, le baiser du fiancé, de l'époux. Il bondit vers Arlette, l'étreint, la soulève. Arlette résiste. Elle montre que les dents du Lion l'ont blessée, que les griffes lui font mal. Le Lion, affolé de désir, ne demande qu'à les sacrifier.

Que lui importent ces vaines armes, instruments de
carnage, à lui qui ne rêve plus que caresses, baisers
et amour !...

— Allons, dit-il, des ciseaux, une lime !...

Arlette, désormais sûre de son triomphe, fait un
signe.

SCÈNE VIII

Les mêmes. — Servantes de la ferme.

Aussitôt, entrent les servantes de la ferme ; et avec
grâce, en entourant Arlette et le Lion de leurs
rondes, elles coupent à celui-ci ses dents et ses
griffes.

Soudain, la dernière griffe tombée, on entend
résonner les violes, les musettes, les cornemuses.

SCÈNE IX

Les mêmes. Le Fermier, Alain, les Villageois et Villageoises, les Joueurs de musette et de cornemuse, les Violoneux, la cour du Lion, puis un troupeau d'agneaux.

Le Fermier et Alain se précipitent auprès d'Arlette. Le Fermier ne se tient pas de joie. Quant à
Alain, il porte au chapeau et à la boutonnière le
bouquet de fleurs d'oranger et les rubans de satin

blanc. Le Villageois et Villageoises, ainsi que les Violoneux les suivent, en costume de noce.

Le Lion se relève, jette autour de lui des regards courroucés : puis il comprend le piège, et qu'on l'a joué. Il se sent impuissant à se venger ; et d'ailleurs la vengeance lui répugne. Il a perdu la partie, il perd en beau joueur. D'un geste il rappelle son fou et ordonne que sa cour revienne. Il sourit aux rodomontades du vieux Fermier, qui maintenant se moque de lui par une foule de postures comiques.

GRAND BALLET

Tous les animaux rentrent.

Le Lion prend par la main Alain et Arlette, et les donne l'un à l'autre, en grand seigneur.

Danse générale des Villageois, Valets, Servantes et de la cour du Lion.

Ce dernier, en signe d'alliance et de pardon dit au Fermier de lâcher les agneaux de ses bergeries. Et il ordonne aux loups et aux renards de se jouer parmi eux, sans leur faire de mal.

Danses des agneaux et des fauves.

A ce moment, le chœur rappelle à tous que c'est la Saint-Jean, et qu'il ne faut pas oublier le bûcher.

Tout en dansant, il faut rendre hommage au Saint.

CHŒUR

A la danse
Amis, livrons-nous !
Joie et chance
Aux jeunes époux !
Ohé !
Dansons !
Ohé !
Chantons.

*
* *

Et maintenant,
Au bon Saint-Jean
Dont on doit célébrer la fête,
Allons, amis ! que l'on s'apprête
A rendre un hommage éclatant.
(A ce moment, le lion met le feu au bûcher)
Paille, fagot, genêt, sarment
Flambez, flambez joyeusement !
Tout s'allume !
Se consume !
C'est la fête de la Saint-Jean !

Le Lion a embrasé le bûcher. La danse a repris,
générale. Et, dans toute cette allégresse, le Lion

regarde son Fou qui lui présente en grimaçant un
cartel où sont inscrits ces deux vers de Lafontaine :

> Amour, Amour quand tu nous tiens,
> On peut bien dire : Adieu, Prudence.

RIDEAU.

Paris

Imprimerie Warmont

Galerie d'Orléans

22 et 24